這本書屬於：

_____

小魚仙（圖畫故事版）

改　　編：Ashley Franklin
繪　　圖：Paul Kellam
翻　　譯：潘心慧
責任編輯：黃偲雅
美術設計：許鍩琳
出　　版：新雅文化事業有限公司
　　　　　香港英皇道499號北角工業大廈18樓
　　　　　電話：（852）2138 7998
　　　　　傳真：（852）2597 4003
　　　　　網址：http：//www.sunya.com.hk
　　　　　電郵：marketing@sunya.com.hk
發　　行：香港聯合書刊物流有限公司
　　　　　香港荃灣德士古道220-248號荃灣工業中心16樓
　　　　　電話：(852) 2150 2100
　　　　　傳真：(852) 2407 3062
　　　　　電郵：info@suplogistics.com.hk
印　　刷：中華商務聯合印刷（廣東）有限公司
　　　　　廣東省深圳市龍崗區平湖街道鵝公嶺春湖工業區10棟
版　　次：二〇二三年四月初版

ISBN: 978-962-08-8181-7
Published by Sun Ya Publications (HK) Ltd.
18/F, North Point Industrial Building, 499 King's Road, Hong Kong
Published in Hong Kong SAR, China
Printed in China

小魚仙

THE LITTLE MERMAID

新雅文化事業有限公司

www.sunya.com.hk

在大海的深處，住着一條愛冒險的美人魚。她叫艾莉奧，是謝登國王的女兒，也是其中一位七海公主。不過，這位小公主此刻並不在海底皇宮裏，而是和好友小比目魚游到遠處的一艘沉船進行探索。艾莉奧很喜歡搜集和收藏人類世界的物件。

艾莉奧發現了一件新寶物，但她不知道那是用來做什麼的，只能憑想像去猜測。於是，她拿着這件寶物去請教她的朋友海鷗史卡圖。

史卡圖是熟知人類一切事情的專家。「這是一根用來梳頭的『叮叮叉』！」他告訴艾莉奧。

謝登國王得知艾莉奧尋寶探險的事，便命令她要遠離人類和所有跟人類世界有關的事物。謝登國王認為人類十分危險，他必須要確保女兒的安全。

　　夜幕低垂，艾莉奧的心情也很低落。她偷偷地溜到
自己的海底石洞。「我真的不明白，一個能造出那麼多
好東西的世界，怎可能會是不好的！」她一邊說，一邊
在收集所得的各樣小玩意和小工具間游來游去。

突然，艾莉奧注意到海面上有一道奇怪的光。
她實在太好奇了，儘管父親千叮萬囑她，不要到水
面去，但她還是緩緩地向光源游去。

艾莉奥一游到水面，夜空便綻放出彩虹般的
煙花。

艾莉奧看見一艘大船，船上有很多人類水手。他們正在為一個叫艾力的年輕人舉行生日派對，艾力更和他的小狗麥克愉快地跳起舞來。

原來艾力是一位王子，而且跟艾莉奧一樣，很喜歡冒險。

突然天色變暗，派對被迫結束了。
巨浪把船拋來拋去，艾力和他的船員完
全抵抗不了這場暴風雨。

砰！失控的船隻撞
在凹凸不平的礁石上，
瞬間起火了！

艾力幫助船員安全地逃離了大船。但當他想要
回去拯救麥克時，卻被大浪從船上拋到海裏去！

艾莉奧奮不顧身
地游過去，拯救了這
位年輕王子的性命。
她是個救人英雄！

艾莉奧小心翼翼地讓艾力在海邊躺下，然後為他唱了一首美妙動聽的歌曲。她多麼希望自己能成為他世界裏的一份子，但她必須趕快回到海裏去了。

當艾力醒過來時，艾莉
奧已經走了，朦朧間他只記
得一把美妙的歌聲。

謝登國王的親信——螃蟹沙巴信——不小心向國王透露了艾莉奧救了一個人類的事情。謝登國王勃然大怒，立刻前往艾莉奧的石洞。

「你必須答應我，往後絕不會去找他！」他大聲喝令艾莉奧。

但艾莉奧喜歡艾力，不願意許下這樣的諾言。

謝登國王眼看女兒不聽他的話，一怒之下，用
海神三叉戟把艾莉奧收藏已久的寶物統統打碎。

謝登國王離開後，艾莉奧傷心地凝望着眼前破碎的收藏品。一時之間，她沒有察覺到有兩條鰻魚游進了她的石洞。

鰻魚向艾莉奧提議找海底女巫烏蘇拉幫忙。透過
魔幻影像，烏蘇拉說自己能幫助艾莉奧變成人類。

於是，艾莉奧游到烏蘇拉的巢穴去，把身上的其中一塊鱗片交給烏蘇拉，又和她做了一項交易——艾莉奧必須在三天之內跟艾力親吻，否則她將會變回人魚，並從此失去自由。她也必須把美好的嗓子送給烏蘇拉。

當交易完畢，艾莉奧浮出水面。可是，艾莉奧身處的海域跟陸地相隔甚遠，她游得十分吃力，幸好小比目魚和沙巴信一直陪伴和幫助她。

後來，一個善良的漁夫在撒網時，恰巧把艾莉奧救起來。漁夫得知艾莉奧認識艾力王子，於是把艾莉奧送到皇宮去，艾莉奧終於和艾力重逢了。

可是，艾力沒有認出救命恩人艾莉奧，因為她已經無法唱歌了。不過，他們還是成為了好朋友。艾力和艾莉奧一樣，喜歡收集寶物，他給艾莉奧展示一些心愛的收藏品，兩人相處得十分愉快。

第二天，這兩個冒險家結伴到一個島上探索。
沙巴信深知艾莉奧的時間不多了，她必須盡快親吻
艾力。於是他親自出馬，並找來願意幫忙的朋友，
共同為他們製造了一個浪漫的夜晚。

但當心意相通的艾莉奧和艾力快要親
吻時，烏蘇拉的手下邪惡鰻魚把他們的船
弄翻了。

　　艾莉奧在皇宮的第三天，一覺醒來便發現艾力已打
算跟一位叫雲妮莎的女孩結婚。原來艾力以為雲妮莎便
是在沙灘上拯救他的女孩！

　　「我知道時間過於倉促，但雲妮莎確實對我有救命
之恩。」艾力王子對母親和親信金士比說。

幸運地，史卡圖發現了王子即將迎娶的新娘並非別人，而是烏蘇拉的化身。艾莉奧仍有希望的，只是烏蘇拉利用了艾莉奧的歌聲來迷惑王子。

晚會上，史卡圖帶領一支「動物突擊隊」來阻止這場訂婚儀式。

艾莉奧趁着烏蘇拉手忙腳亂之際，把自己的嗓音從女巫的貝殼項鍊中釋放出來。

當她一開口唱歌，艾力便知道事情的真相：艾莉奧才是他的救命恩人！

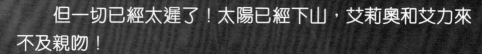

但一切已經太遲了！太陽已經下山，艾莉奧和艾力來不及親吻！

艾莉奧瞬間變回了美人魚，被烏蘇拉抓到深海裏去。

海女巫烏蘇拉把她和艾莉奧所做的交易，全都告訴了謝登國王，於是國王以他的自由和海神三叉戟作為交換條件，懇求烏蘇拉釋放艾莉奧。

得到力量的烏蘇拉變得十分強大，但艾莉奧不肯放棄。她一被釋放，馬上駕駛一艘廢船，無懼地向烏蘇拉直駛過去，把她擊潰！烏蘇拉受到致命一擊，在浩瀚的大海中消失了。

烏蘇拉消失後，謝登國
王的力量也恢復了。見識了
艾莉奧的勇氣，他願意給女
兒一份最好的禮物──選擇
的自由！最終，艾莉奧選擇
成為人類，國王便舉起他的
三叉戟，用法力替她實現了
這個願望。

　　艾莉奧公主和艾力王子二人攜手，把原本屬於兩個不同世界的人魚王國和人類王國結連一起。現在，他們已準備好前往探索未知的水域，尋找他們下一個冒險旅程！